佛心貓四郎的喵喵喵

　　黑色光亮夾雜著一撮雪白，閃爍著兩顆深藍色的寶珠，在黑夜中快速而溫柔地移動，這是我的身影。

　　我總是前往任何需要我的地方，所以我覺得我是隻旅行宇宙的貓。有人給我一個名字叫佛心貓四郎，身為家中老四的我，對「佛心」這個姓氏感到非常的驕傲，因為我平生的最大希望就是成為一隻佛貓，而且希望幫助每一隻貓、老鼠甚至狗還有人類，都可以過著幸福美好的生活。

　　宇宙旅行真是酷極了，我還可以順便到處遊歷。凡是有緣相遇的，都會感到彼此似乎已經認識了很久很久，非常的親切熟悉。有的老鼠開始會怕我，但是終究他們會發現我是他們最好的朋友。

沒事的時候，我可是很寶貝自己的尾巴，把它保養得既柔軟又強壯，因為我常常練習瑜伽，用尾巴倒立是我最擅長的姿勢。即使沒有和朋友們玩躲狗狗的時光，我也是很享受獨處的生活，晒晒太陽，打打盹，做做夢，時時刻刻依然如此美好，天天都像是一本新打開的書，周遭都是奇妙的事物，這是多棒的感覺！這是我的真實的生活。

　　當你開始閱讀本書時，就進入了我的秘密花園。在圖畫中、在話語中，將會發現許許多多有趣又神奇的訊息哦‧‧‧喵！

覺貓誤幻悟語

第一部

緣

據說
一切都是花惹的禍⋯⋯

起

【拈花大笑】

傳說
當初佛貓在靈山會上
拈花示眾
這時,大家默然無語
只有大迦葉貓破顏微笑
於是
禪在貓間
開始流傳。。。。

莊嚴的靈山大會，
偉大的佛貓安詳的坐在
說法的寶座上，
所有的貓與貓神們，
都寂靜的聚會在四周。

這時，大梵天王貓恭敬的站了起來，
向佛貓頂禮，

並獻上了一個**金色的絨毛球**，
恭請佛貓說法。

佛貓這時用充滿慈悲與智慧的目光，注視著
大眾，他知道說法的因緣已到了。
於是，佛貓就伸出柔軟的貓掌，接下這個
莊嚴、可愛又好玩的金色絨毛寶球。

說時遲，那時快，
大梵天王貓不知是有意或無意。
當他把金色絨毛寶球供養給佛貓時，
金球交到佛貓手上時，竟滾了下來，
剎那間就纏住了佛貓的身體。

這時，
眾貓們都忽然寂靜的從禪定中出定，
發出「啊」的半聲之後，
就趕緊嘎然停止。

想笑又不敢笑，強忍得臉上
都現出十分古怪的神情
不知如何是好！

佛貓畢竟是不動如山，八風吹不動的。
只見他雖然被金色毛球纏了滿身，
也不知道線頭在哪裏，
竟然不動聲色的，
專心找著線頭，
試著從線球團中脫身。

這時大迦葉者貓實在忍不住了，
竟然大笑了起來。
只見眾貓們都側目的看著他，臉上發出
既羨慕又有點責難的神情。

一陣忙亂，佛貓 總算脫離了糾纏在身的
金色絨毛球

這時正好聽到大迦葉貓的大笑。

只見佛貓安詳的站了起來，
走向大迦葉貓。

此時眾貓們以為大迦葉貓闖了禍，
所以都摒息的看著佛貓的動作。

佛貓此時忽然把亂成一團的金色絨毛寶球
拿給大迦葉貓。
並莊嚴的說道：
「我有正法眼藏，涅槃妙心。
實相無相，微妙法門，不立文字，
教外別傳的妙法，現在咐囑給大迦葉貓。」

這時，只見大迦葉貓看著亂成一團，
茫然全無頭緒，
無法理出線頭的金色絨毛寶球，
看了又看，不知如何是好，
只好硬著頭皮，
以心印心的接下了這無上禪宗的妙法心要。

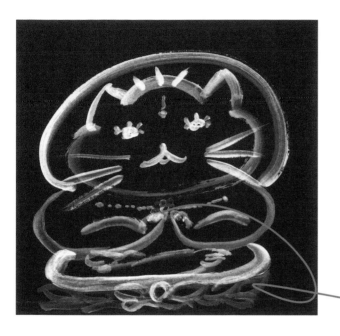

而佛貓這時十分
肅穆莊嚴，又似
乎嘴角帶著很淡
的微笑，得意的
看著大迦葉貓。

靈山大會後五百年
相似貓佛喵法盛極一時
佛貓弟子為正法久存
遂喵召天下覺貓
月下群集，各述叫法
並於網路廣蒐當時貓佛叫本
經三次集結
纂成覺貓語錄
　　　天下廣傳。。。。

從此
禪風盛行
覺貓遍行天下。。。
覺貓隻字片語、行住坐臥
眾貓競相傳頌
一時間
覺貓語錄
　　蔚為風尚。。。。

至於一朵花如何變成金色絨毛寶球……
因流傳時代久遠早就沒有人理會了。

覺貓悟語

覺貓悟語

第二部

覺貓語錄

行、住、坐、臥
都是貓禪

這是覺貓的

三

遊戲

心是空、
秩序是空，
非秩序亦是空。

秩序來自於非秩序，非秩序來自於心裏。

昧。

老禪貓對小修貓說：

「別在大門邊礙事，趕快滾！」

　　　　於是小修貓就在地上滾來滾去，十分快樂。

於是老禪貓終於忍不住的說：

「我很慈悲，就跟你一起滾吧！」

　　　　也跟著一起快樂的滾了起來。

只有佛貓不動聲色的 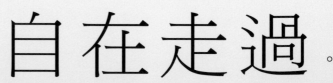自在走過。

勞倫茲貓說：
「北平有一隻笨花貓，有一天向一隻花蝴蝶撲了上去。
這隻花蝴蝶怪笑一聲，用力拍了一下翅膀，閃了開去，並在一
這時，只見笨花貓鼻子朝下，十分可笑又可憐。
由於花蝴蝶用力拍翅膀的力道十分猛烈，造成了空氣強力的擾
於是引發了下個月紐約天搖地動的恐怖大暴風雨。」

倫勞茲貓吞了口水，看著滿目瘡痍的紐約說道：
「會引發有史以來最大、最恐怖的天搖地動颶風，並引起這麼
完全是這隻蝴蝶，這隻蝴蝶所引起的『蝴蝶效應』。」

過了一會了，他又若有所思的修正道：
「不，不，不應該說是『蝴蝶效應』，應該說是　『花貓
這真是混沌的理論啊！

旁冷笑。

動，

大的災難，

效應』吧！」

絕對的理性，來自絕對的不理性。
絕對的非理性，來自絕對的理性。
事實上，
絕對的理性與非理性根本不存在。
所以以上的話純粹是哲貓的囈語。

觀其眸子，
貓焉瘦哉！
貓焉瘦哉！

佛貓**觀**一缽水，
有八萬四千條魚。

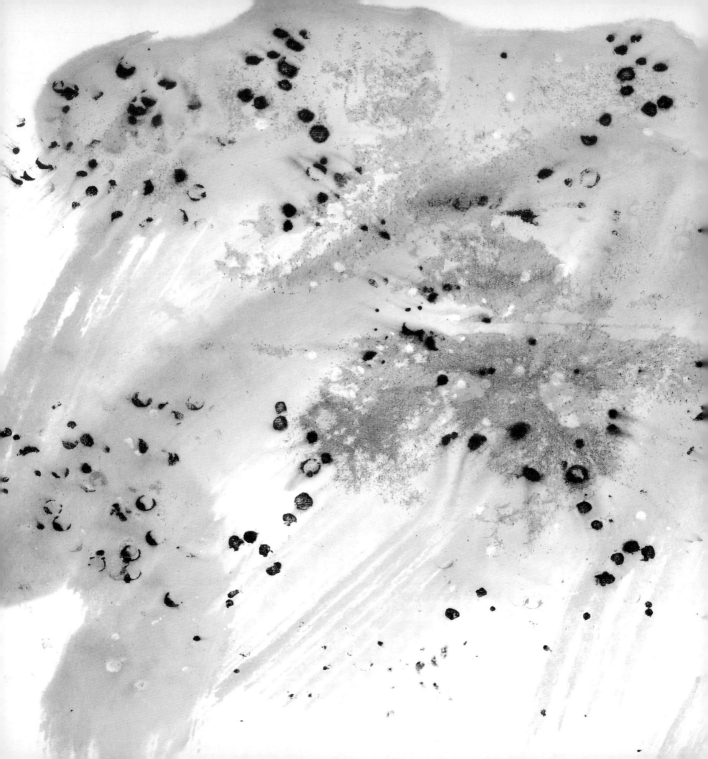

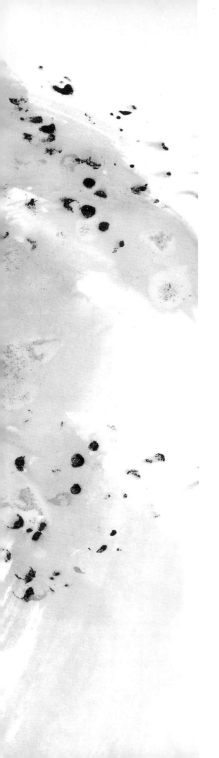

「淒麗」，這是我觀察日本貓的感受。

李清照貓《如夢令》：
昨夜雨疏風驟，濃睡不消殘酒。
試問捲帘人，卻道海棠依舊。
知否？知否？
應是 貓肥狗瘦

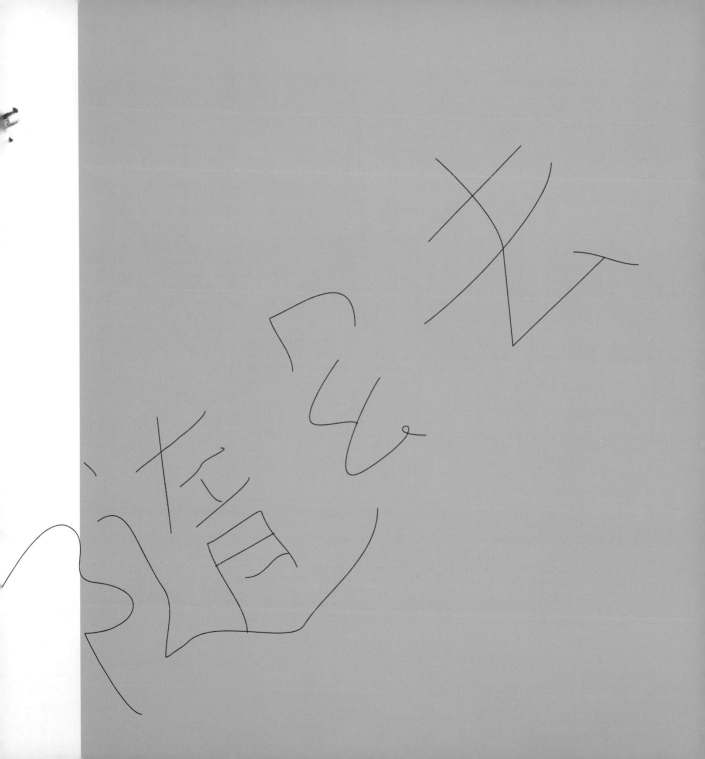

某位修行貓問洞山禪貓說：

「寒暑到來時，如何迴避呢？」

洞山貓說：「何不向沒有寒暑的地方去呢？」

修行貓說：「如何是沒有寒暑的地方呢？」

洞山貓說：「冷的時候就冷死你這隻修行貓，

熱的時候就熱死你這隻修行貓。」

宇宙中絕對沒有貓的存在，這只是認識問題。

女貓權萬歲！

要送至少要送一條**鑽**
沒事要我戴個鈴鐺幹嘛?

石 項鍊或 翡翠，

不要只會裝可

可 **愛**

身 心 合 一

愛，

是內外一如，

的。

西施貓  的說：
「我一喵，就不可收拾了。」

東施貓**恨恨**的說：

「我一喵，**也是**不可收拾。」

沒有必要，不要攀爬高壓電線桿及煙囪

不要在 洗衣機 中 洗澡

游完泳後，也不要
使用烘衣機烘毛。

如果菩薩貓要得到貓淨土，就應當清淨貓心。隨著貓

諸惡莫作，眾善奉行，自淨其意，諸佛貓教。

心清淨，則佛貓國土清淨。

貓性本淨，不可思議。

金剛貓經曰：
「若以貓見我，以喵聲求我， 是貓行邪道，不能見佛貓。」

不可以在半夜裝

貓

還我魚來！

金剛貓經曰：
「若以貓見我，以喵聲求我，
是貓行邪道，不能見佛貓。」

鬼，

嚇 嚇其他貓。

整貓形醫生，
你怎麼把我整成 狗臉的歲月？

我每天勤練夢中瑜伽十六小時

一夜睡禪到天明，無聲吉祥最光明

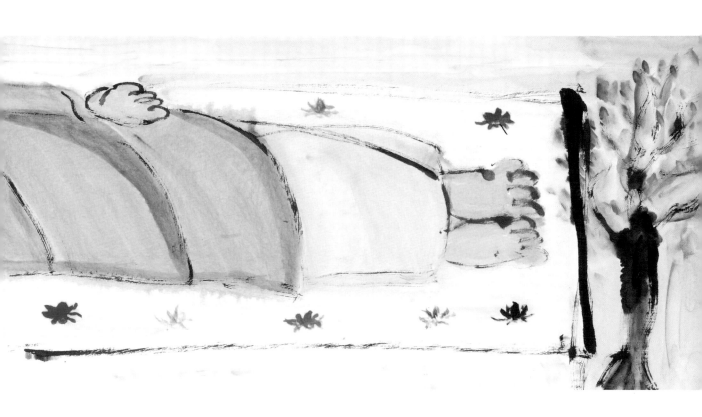

貓來貓去總是夢，醒來不怕狗來瞋。

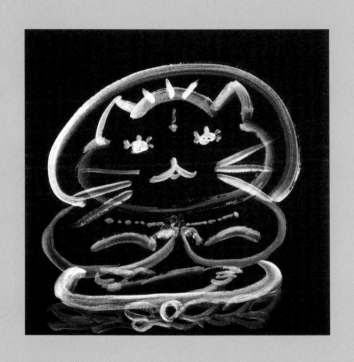

坐貓禪為安樂法門。

老禪貓說：
「動中功夫，勝過靜中功夫百千萬倍。」

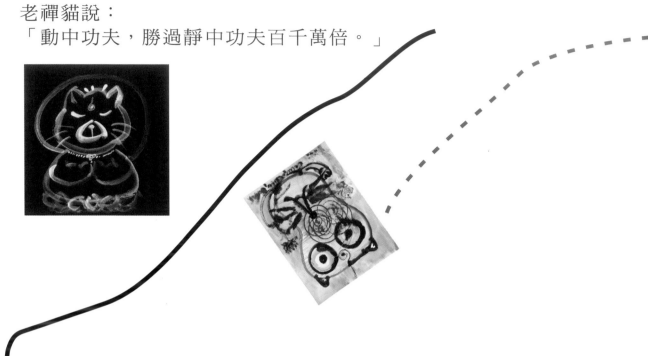

於是就將小修貓從三樓窗口丟下，
於是小修貓就在虛空中開悟了。

從十樓摔下來時，要保持鎮定，

就是在空中翻滾表演特技時，最後也要

自然滑翔，四足輕輕

落地。

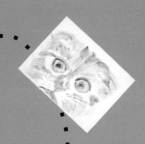

盡量 讓身體 **放鬆**，

「菩提心為因，大悲為根

秘密主貓

就是**如實**的**知**道

佛貓說：

……本，方便為究竟。

……！云何是菩提呢？

自己的貓**心**。」

從今以後，
我等當於一切眾
生佛貓想。

蒹葭蒼蒼，白露為霜。
所謂伊貓，在水一方。
溯洄從之，道阻且長。
溯游從之，宛在水中央。

細草微風岸，危檣獨夜舟。星垂平野闊，月湧大江流

名豈文章著，官應老病休！飄飄何所似？天地一花貓。

好貓不流浪
‧ ‧ ‧ ‧ ‧ ‧

，只是自由。

生命絕美

路貓的定確才

的　　貓

爬在先過時

方

迷貓因為**有方向**，才會有迷。如果沒有方向的分別，就不會

迷失方向了。

但是請問要如何回家？

佛貓說：
「我喵了四十九年，從來

沒有喵一句。」

參「貓是誰?」

參「誰是貓?」

一切諸法本，因緣空無主；覺
　息心達本源，故號為　貓。

覺貓的願：
貓與眾生全部是佛。

圖 • 文
佛心貓四郎

發行貓
黃紫婕

編輯貓　　霈霈貓　貓瞳

　美術設計貓
娛貓　貓絲光年

　視覺構成貓
寶鬢阿喵

出版者：普月文化有限公司
台北市松江路69巷10號5樓
永久信箱：台北郵政26-341號信箱
電話：(02)2508-1731　傳真：(02)2508-1733
郵政劃撥：18369144　普月文化有限公司
E-mail：buddhall@ms7.hinet.net
http://www.buddhall.com

行銷代理：紅螞蟻圖書有限公司
台北市內湖區舊宗路2段121巷28之32號4樓（富頂科技大樓）
電話：(02)2795-3656　傳真：(02)2795-4100

初版：2006年12月
定價：新台幣280元

版權所有 • 翻印必喵……& 小心利爪！！　　缺頁或缺圖的書 • 請退回更換

願以此功德，
　普及於一切，
我等與眾貓，
　皆共成佛道。